Adolph Nissen

Die kaufrechtliche Tradition

Antigonos

Adolph Nissen

Die kaufrechtliche Tradition

Unveränderter Nachdruck der Originalausgabe von 1869.

1. Auflage 2024 | ISBN: 978-3-38616-008-7

Antigonos Verlag ist ein Imprint der Outlook Verlagsgesellschaft mbH.

Verlag: Outlook Verlag GmbH, Zeilweg 44, 60439 Frankfurt, Deutschland, info@outlook-verlag.de
Vertretungsberechtigt: E. Roepke, Zeilweg 44, 60439 Frankfurt, Deutschland
Druck: Libri Plureos GmbH, Friedensallee 273, 22763 Hamburg, Deutschland

Die
kaufrechtliche Tradition.

Von

Dr. Adolph Nissen,

ausserordentlicher Professor an der Universität Leipzig.

Leipzig.

J. M. Gebhardt's Verlag.

(Leopold Gebhardt.)

Man ist heut zu Tage übereinstimmend der Ansicht, dass die in Folge des Kaufcontracts vorgenommene Tradition dem Käufer die Rechte überträgt, welche der Verkäufer hatte. War daher der Verkäufer Eigenthümer, so wird durch die Tradition der Käufer ebenfalls Eigenthümer. Von dieser im Begriff der Tradition angeblich enthaltenen Consequenz soll nur positiv eine Ausnahme gemacht sein zu Gunsten des verkaufenden Eigenthümers, dass nämlich trotz der Uebergabe diesem das Eigenthum verbleibt, bis er entweder den Kaufpreis ausgezahlt erhalten oder, mit oder ohne Sicherstellung, ihn creditirt hat. Will der Eigenthümer auch in diesen letzteren Fällen die günstige Position des dinglichen Rechts und der rei vindicatio nicht einbüssen, so gestattet man ihm den Vorbehalt des Eigenthums mittelst eines Instituts, dem man den Namen des pactum reservati dominii beigelegt und hinsichtlich dessen man sich allgemein an Dunckers Ausführungen im Rheinischen Museum V. angeschlossen hat.

Der verkaufende non dominus wird von der Doctrin an seine actio venditi verwiesen; da ihm kein dingliches Recht zur Seite stehe, so verbleibe ihm nur sein persönlicher Anspruch gegen den Käufer auf Zahlung des Kaufpreises resp. Entschädigung wegen etwaiger Verspätung.

Die innere Consequenz dieses Standpunkts ist unverkennbar. Allein ich glaube nicht, dass derselbe mit den Quellen übereinstimmt. Unzweifelhaft steht fest durch zahllose Stellen, dass in jenen Fällen, wo gezahlt oder sichergestellt oder creditirt ist, Eigenthum durch die Tradition vom verkaufenden Eigenthümer auf den Käufer übergehen soll, dass hingegen der Eigenthümer andernfalls seine rei vindicatio trotz der Tradition behält. Aber sind wir berechtigt, diese letztere Bestimmung als eine positive Ausnahme anzusehen? An sich schon ist es meines Erachtens unzulässig, Sätzen der römischen Juristen den Charakter einer positiven Ausnahme zu vindiziren, als ob sie etwas anderes für sich hätten in die Wagschale werfen können als die innere Consequenz ihrer Argumentation; als ob sie nicht gewissenhaft mit ihrem „utilitatis causa“ die selbst vom Leben oder dem Gesetz gemachte Inconsequenz kennzeichneten. — Hier kommt hinzu, dass in der That die Voraussetzungen dieser angeblichen Ausnahme höchst singulärer Art sind. Ueberall wo Geber und Empfänger einig sind, Eigenthum zu geben und zu nehmen, da anerkennt bekanntlich das römische Recht den Eigenthumsübergang selbst dann, wenn es wegen fehlender Uebereinstimmung an einem Rechtsgeschäft gebricht. Lässt man in diesen Fällen den tradirenden Eigenthümer schutzlos, wie ist es zu erklären, dass in unserm Falle ein so seitab liegendes Moment wie die Zahlung des Kaufpreises den Eigenthumsübergang beeinflusst?

Es fragt sich, ob nicht auf dem Wege der consequenten Verfolgung derjenigen Prinzipien, welche den Kern der einschlagenden Institute bilden, zu unsern Sätzen zu gelangen ist. Wäre das der Fall, so dürfte diese Methode schon deshalb den Vorzug verdienen, weil sie uns von der Existenz 'eines positiven Satzes befreit. Ich werde im Folgenden versuchen, das darzulegen; andere Differenzpunkte werden dabei hervortreten und es wird sich schliesslich ergeben, dass der praktische Unterschied von der communis opinio doctorum ein ganz erheblicher ist.

§. 1.

Die Zwölftafeln schon stellen den Satz auf, dass der dominus sein Eigenthum nur durch Zahlung oder Credit verliere. Aber nicht als einen positiven Satz, sondern als eine innere Nothwendigkeit bezeichnen es die Römer. In §. 41. I. de rer. div. 2. 1. heisst es:

> „Quod cavetur quidem lege duodecim tabularum, *tamen recte dicitur et jure gentium id est jure naturali id effici.*“

Wir werden also unmittelbar an die nicht dem jus civile angehörigen Rechtssätze verwiesen; demnach handelt es sich um eine Entwicklung aus der rechtlichen Natur des Kaufs, deren Consequenzen auch die Anerkennung der Zwölftafeln erhalten haben. Indem wir diesem Fingerzeig folgen, entgehen wir zugleich der Gefahr, mit Eigenthum und Kauf stets gleichzeitig zu argumentiren, woran m. Er. die herrschende Lehre eben gescheitert ist. Ich werde also suchen, die Grundsätze des Kaufs zu entwickeln, um nachher die Stellung des verkaufenden Eigenthümers zu würdigen.

Zuvörderst ist klar, dass nicht jede Uebergabe der verkauften Sache an den Käufer als eine traditio ex emto anzusehen ist und ihn zum pro emtore possidens macht. Möglich wäre, dass die Tradition ausser allem Zusammenhange mit dem Kauf stünde, die Sache ohne alle Rücksicht auf ihre Qualität als Kaufobject tradirt wäre, z. B. bei einem Commodat, einem Depositum. — Selbst dann aber, wenn es sich ausdrücklich um die „verkaufte“ Sache handelte, wäre es möglich, dass die Uebergabe

Product eines eigenen Geschäfts wäre, welches sich an den Kaufcontract ergänzend anschlösse, namentlich zu dem Behuf, die Rechtsverhältnisse zwischen dem Zeitpunkt des abgeschlossenen Kaufcontracts und der beiderseitigen Erfüllung zu regeln. Hierher würden die Fälle zählen, in welchen etwa bis zur Zahlung des Kaufpreises der Käufer die Sache miethete. Eine Tradition auf Grund des Kaufs wäre hier noch nicht vorhanden, der Käufer besässe also die Sache noch nicht pro emtore, denn sie wäre ihm nicht „eo nomine" tradirt, wie die Quellen es nennen.

cf. beispielsweise l. 5. de acq. possessione. 41. 2. Die Rechtsverhältnisse würden hier nach dem jedes Mal einschlagenden Institut zu beurtheilen sein. Für unsere Frage nach der Wirkung der Uebergabe auf Grund des Kaufs sind solche Fälle werthlos.

Der Charakter des Kaufcontracts bringt bekanntlich die Leistung Zug um Zug mit sich; keiner der Contrahenten ist verpflichtet, zu leisten, ehe ihm geleistet wird. Indess die praktische Durchführung dieses Satzes stösst auf unübersteigliche Schwierigkeiten. Wollte in Wahrheit kein Theil vorleisten, so würde daraus ein Druck entstehen, welcher für das Verkehrsleben unerträglich wäre. Das Bedürfniss leichteren Verkehrs wie das Zutrauen zur bona fides des Andern treiben unabweislich zur Vorleistung, obschon auf der Hand liegt, dass jede Vorleistung einen gewissen Grad von Unsicherheit mit sich führt.

Allerdings stellt schon das römische Recht einen Ausweg auf. Wenn die contrahirenden Theile sich nicht genügend trauen, so können sie eine Mittelsperson hineinschieben, welcher der Käufer das Geld, der Verkäufer die Sache übergiebt, um den gleichzeitigen Austausch zu bewerkstelligen und so den Satz der Zugumzugerfüllung ohne Gefährdung durchzuführen.

ef. l. 39. de solut. 46. 3.

Allein auch dieser Ausweg ist praktisch schwerfällig und hemmt den Verkehr. Man soll sich wenigstens erst über einen Dritten verständigen, ganz abgesehen davon, dass von Einer Seite der Vorschlag dieses Erfüllungsmodus ausgehen muss und selten das Misstrauen, die Besorgniss drohender Gefährdung stark genug sein wird, um einen solchen Ausdruck herbeizuführen. In einzelnen Fällen, wo etwa Käufer und Verkäufer in verschiedenem Ort wohnen, mag es vorkommen, dass der Verkäufer dem Käufer bei einem Dritten die Sache gegen Baarzahlung zur Verfügung stellt. Weitaus zahlreicher sind die Fälle, in denen nicht jeder Theil die Hand auf seiner Leistung hält, bis er mit der andern Hand die Gegenleistung erfasst, sondern der eine oder der andere Theil vertrauensvoll vorleistet.

Wir betrachten später die Vorleistung Seitens des Käufers; zunächst wollen wir die des Verkäufers untersuchen.

§. 2.

Die Vorleistung von Seiten des Verkäufers wird weitaus häufiger vorkommen als die vom Käufer. Weit öfter treibt den verkaufenden Theil die Rücksicht auf sein eignes Geschäft zu einer Höflichkeit, welche der Ueberlegenheit des baaren Geldes entspricht. Dazu kommt, dass, soweit dem Vorleistenden Schutz zur Seite steht zur Wiedererlangung seiner Leistung, derselbe vom Verkäufer weit leichter geltend zu machen ist als vom Käufer, weil es sich bei dem Verkäufer um eine Sache handelt, welche regelmässig ihre Individualität länger conservirt als die vom Käufer etwa im Vorweg geleistete Geldsumme. In demselben Grade, wie diese beiden Gründe abnehmen, schwindet auch die Geneigtheit des Verkäufers, eine Vorleistung zu beschaffen.

Es fragt sich nunmehr, welchen rechtlichen Werth legen wir dieser Vorleistung des Verkäufers bei? Die herrschende Lehre (ich sehe einstweilen, wie gesagt, vom Eigenthümer ab) erklärt, dem Verkäufer stehe jetzt nur die actio venditi auf Zahlung des Preises nebst den Zinsen vom Tage der Tradition an zu; ich halte diese Lehre nicht für richtig.

Der Käufer wird durch eine derartige Vorleistung nicht juristischer Besitzer, geschweige denn titulirter juristischer Besitzer; erst seine Gegenleistung schafft ihm den juristischen Besitz. Die rechtliche Natur des Kaufgeschäfts, die Zugumzugerfüllung bringt es mit sich, dass der Vorleistung die conditio juris der Gegenleistung innewohnt, dass jenes zeitliche Auseinanderfallen der Leistungen als etwas factisch nicht wohl zu Vermeidendes angesehen wird; — als eine Vergünstigung, welche der Verkäufer dem Käufer macht in der Erwartung, durch dieselbe die Gegenleistung, die Zahlung des Kaufpreises herbeizuführen innerhalb jenes modicum tempus vielleicht, welches die Verhältnisse mit sich bringen. Zu verzichten auf sein gutes Recht der Erfüllung Zug um Zug, das kommt dem Verkäufer deshalb noch nicht in den Sinn; ebensowenig offenbar, seinerseits aussergerichtlich zu erfüllen und dem Käufer die gerichtliche Erfüllung zu überlassen. Für ihn handelt es sich einstweilen gar nicht um rechtliche Handlungen, sondern um Handlungen ausserhalb der Rechtsgeschäfte, welche durch den weiteren Verlauf erst zur Erfüllung eines Kaufcontracts gestempelt werden sollen. Seine Uebergabe macht daher den Käufer einstweilen noch nicht zum pro emtore possidens, sie überträgt ihm nur eine precaria possessio.

§. 3.

Ist dem so, so wird sich an andern Fragen gewissermassen die Probe machen lassen; wir bedürfen derselben um so mehr, als ein unmittelbares Zeugniss der Quellen uns nicht zu Gebote steht.

1) Gesetzt, während dieses Zustandes gutwilliger Vorleistung, also nach Uebergabe der Sache und vor Zahlung des Preises, wird dem Käufer die Sache abgenommen, so würde eine Eviction im kaufrechtlichen Sinne darin nicht liegen können. Die Verpflichtung des Verkäufers zum praestare habere licere beginnt bekanntlich erst mit der Tradition auf Grund des Kaufs, und solche wollen wir hier ja als noch nicht vorhanden annehmen. In der That sagt l. 11. §. 2. de action. emti venditi. 19. 1.

> „Et in primis ipsam rem praestare venditorem oportet, id est tradere; quae res, si quidem dominus fuit venditor, facit et emtorem dominum, si non fuit, tantum evictionis nomine venditorem obligat, *si modo pretium est numeratum aut eo nomine satisfactum.*"

Ulpian bezeichnet hier ausdrücklich dieselben Voraussetzungen, von denen nach der herrschenden Lehre nur der Eigenthumsübergang bei der Tradition vom Eigenthümer abhängig ist, als nothwendig für die Evictionspflicht. In derselben Weise giebt er in l. 13. §. 9. eodem bei theilweiser Zahlung des Kaufpreises nur das Recht, diese Theilzahlung zurück zu fordern, nicht wegen Eviction zu klagen.

Der Käufer hat also noch gar nicht tradirt erhalten, pro emtore besitzt er noch garnicht, eine Abnahme der Sache bildet daher nicht den Thatbestand der „Eviction". Vielmehr steht dem Käufer der volle Anspruch auf Tradition noch zu. Indess da bereits sich heraus gestellt hat, dass der Verkäufer nicht dazu im Stande, so tritt an die Stelle dieses Anspruchs der auf Interesse. Nach heutiger Praxis stellt derselbe sich vielleicht faktisch dem wegen Evictionsprästation gleich, juristisch jedoch sind sie durchaus nicht identisch, was sofort zu Tage tritt, wenn man die etwaige stipulatio dupli, tripli, oder die Evictionsbürgen in Betracht zieht.

2) Wird der Käufer wirklich erst durch Zahlung des Preises zum pro emtore possidens und hat er bis dahin nur die Sache precario in Händen, so muss jede Einwirkung auf dieselbe zu Ungunsten des Verkäufers ein furtum sein. In der That sagt l. 14. §. 1. de furtis. 47, 2.

> „Adeo autem emtor ante traditionem furti non habet actionem, ut sit quaesitum, an ipse surripiendo rem emtor furti teneatur. Et Julianus libro vicesimo tertio Digestorum scribit : si emtor rem, cujus custodiam venditorem praestare oportebat, *soluto pretio* surripuerit, furti actione non tenetur; plane si, *antequam pecuniam solverit*, rem subtraxerit, furti actione teneri, perinde ac si pignus subtraxisset."

Nicht das ist hier entscheidend, ob die Sache sich bereits in den Händen des Käufers befindet, vielmehr geht der Jurist, wie das gewöhnlich geschieht, von dem Gedanken aus, dass Tradition und Zahlung zusammen fallen, nach der Tradition daher jene Frage überhaupt nicht mehr entstehen könne; mit andern Worten er gebraucht tradere für die **kaufrechtliche**, die wirksame Tradition. — Das Entscheidende ist die Zahlung, bis zu ihr hin ist jede Contrectationshandlung des Käufers auch an der bei ihm befindlichen Sache ein furtum.

Wäre daran noch ein Zweifel möglich, so müsste derselbe schwinden bei näherer Betrachtung der Analogie, auf welche Julian hinweist. Der Käufer soll des Diebstahls schuldig sein „perinde ac si pignus subtraxisset". Dieser Vergleich der verkauften Sache mit dem Pfande ist bei den römischen Juristen sehr beliebt. Der Verkäufer, heisst es, kann die Sache „quasi pignus retinere", er kann sie also wie ein Pfand zu seiner Sicherheit in Händen behalten, bis zur Zahlung des Preises.*)

Aehnlich heisst es hier: der Käufer stiehlt sie, wie der Pfandschuldner dem Pfandgläubiger das Pfand stiehlt. Für diesen Pfanddiebstahl ist nun zufällig eine ganz durchschlagende Analogie vorhanden in l. 3. de pignoraticia actione. 13, 7. Hier heisst es:

> „Si quasi recepturus a debitore tuo cominus pecuniam, reddidisti ei pignus, isque per fenestram id misit excepturo eo, quem de industria ad id posuerit, Labeo ait, furti te agere cum debitore posse et ad exhibendum; et si agente te contraria pignoraticia excipiat debitor de pignore sibi reddito, replicabitur de dolo et fraude, per quam nec redditum, sed per fallaciam ablatum id intelligitur."

---

*) Natürlich soll nicht damit gesagt sein, dass ihm ein wirkliches Pfandrecht zuständе an der Sache, im Gegentheil würde die Bestellung eines solchen einen ganz entgegengesetzten Erfolg haben können. Falls nämlich der Eigenthümer sich die Kaufsache für den Kaufschilling verpfänden liesse, würde kraft des constitutum possessorium das Eigenthum übergehen auf den Käufer. Cf. l. 1. §. 4. de rebus eorum. 27. 9.

Ganz in gleicher Weise wäre dem Käufer die res „non tradita", sondern wenn er vor Zahlung des Preises über sie disponirte, wäre sie von ihm „per fallaciam ablata" und der Verkäufer hätte gegen ihn die actio furti.

§. 4.

3) Ist meine Auffassung richtig, so ist durch jene Hingabe, so lange sie noch nicht den Werth der kaufrechtlichen traditio erlangt hat, der Verkäufer in anderweiter Disposition über dieselbe Sache nicht beschränkt. Würde er sie einem andern verkaufen, diesem tradiren und von diesem Zahlung erhalten, ehe der erste Käufer gezahlt hätte, so ginge der zweite Käufer vor. Mit andern Worten: die herrschende Lehre: dass von zwei Käufern derjenige vorgehe, welchem zuerst die Sache tradirt sei, diese Lehre ist falsch.

Zwei Quellenstellen sind es bekanntlich, welche hauptsächlich in Betracht kommen; die l. 31. §. 2. de act. emti 19, 1.

> „Uterque nostrum eandem rem emit a non domino, cum emtio venditioque sine dolo malo fieret traditaque est, sive ab eodem emimus, sive ab alio atque alio, is ex nobis tuendus est, qui prior jus ejus apprehendit, hoc est cui primum tradita est; si alter ex nobis a domino emisset, is omnimodo tuendus est."

Dem gegenüber sagt l. 9. §. 4. de Publiciana in rem actione 6, 2:

> „Si duobus quis separatim vendiderit bona fide ementibus, videamus quis magis Publiciana uti possit, utrum is, cui priori res tradita est, an is, qui tantum emit. Et Julianus libro septimo Digestorum

scripsit: ut si quidem ab eodem [non] domino eme-
rint, potior sit, cui priori res tradita est; quodsi
a diversis non dominis, melior causa sit possidentis
quam petentis; quae sententia vera est."

Ulpian sagt hier das Gegentheil von dem, was Neratius in der vorigen Stelle behauptet. Die verschiedenen
Versuche der herrschenden Doctrin, diesen Widerspruch
auszugleichen, diese Versuche, die sogar so weit gingen,
eine Antinomie anzunehmen, bei der Ulpian den Vorzug
beanspruchen müsse, — sie werden wohl Niemanden be-
friedigt haben. Denn dass im Ernst ein römischer Jurist
gesagt haben solle, wer im Besitz sei, dem nütze die Publiciana mehr als seinem Gegner, weil dieser später tradirt erhalten, das lässt sich doch ohne Zwang nicht wohl
annehmen.

Von meinem Standpunkt aus liegt ein Widerspruch
jener Quellenstellen garnicht vor. Hätte das römische
Recht einen Ausdruck für: übergeben, einen andern
für: übergeben mit Erfolg, dann würde meines Erachtens die herrschende Lehre überall nicht haben entstehen können, weil eben nicht in beiden Stellen dasselbe
Wort für verschiedene Verhältnisse gebraucht wäre. Jetzt
heisst „tradere", „possessio tradita", „traditio" bald Uebergabe im allgemeinen, bald wirksame Uebergabe.
Wie l. 22. de acq. poss. 41, 2. sagt:

„Non videtur possessionem adeptus is, qui ita nac-
tus est, ut eam retinere non possit."

wie in gleicher Weise mannigfache Stellen sagen: die
evincirte Sache „tradita non esse videtur."

Wir sind also genöthigt, in jedem einzelnen Fall uns
nach Anhaltspunkten für die Beantwortung der Frage
umzusehn, welchen Werth die Tradition nach der Meinung

des Juristen haben solle, von welcher Tradition er rede. Wer sich die Bezeichnung „actio" vergegenwärtigt, dem wird das nicht befremdlich sein. Für den deutschen Gebrauch möchte ich daher kaufrechtliche Tradition und Tradition schlechtweg unterscheiden.

Mit diesem Schlüssel bieten jene Stellen keinerlei Schwierigkeiten. In l. 9. §. 4. ist das „non" vor domino bekanntlich in die Florentina nachträglich eingeschrieben, der Sinn bleibt in beiden Fällen derselbe. Er ist folgender.

Behauptet der possidens dem Publiciana - Kläger gegenüber, ebenfalls Käufer zu sein, vielleicht gar früherer, so hilft ihm vor allen Dingen die Zeit des Geschäftsabschlusses gar nichts, denn die Publiciana schützt die justa possessio, für sie ist also der Contract und seine Zeit nicht massgebend. Vielmehr kommt es darauf an, ob

a) der Autor beider Theile derselbe ist, gleichgültig ob er dominus oder non dominus ist, was völlig ausser Ansatz bleibt. Dann siegt der Kläger, sobald ihm früher tradirt war, weil der Besitzer diese frühere Handlung seines autor anzuerkennen hat.*)

b) Ist der Autor der streitenden Theile verschieden, dann stehen sie sich völlig gleich, also tritt der Kläger zurück.

c) Möglich ist nun aber, dass ausser der Uebergabe sich ein Theil auf Zahlung beriefe; dann zeigt sich der Vorzug der kaufrechtlichen Tradition vor der blossen

---

*) Die Fragstellung in l. 9 §. 4. schliesst die Möglichkeit nicht aus, dass der Jurist den Fall im Auge hat, wo der Besitzer in den Besitz des Kaufobjects nicht in Folge einer traditio gelangte; allein die Antwort Julians, welche Ulpian billigt, bezieht sich unzweideutig auf den Fall der an Beide erfolgten Tradition.

Uebergabe: der, welcher gezahlt hat, geht vor. Das sagt Neratius in l. 31. §. 2. cit. und zwar nach meiner Ansicht nicht etwa implicite, sondern direct, denn er sagt ausdrücklich, derjenige gehe vor: qui prior jus ejus apprehendit und das verdeutlicht er dann durch den gewöhnlichen Ausdruck der Tradition, für welchen umgekehrt jener Vorsatz eine ganz grundlose, übertreibende Paraphrase bilden würde.

Allein man wendet ein: die Publiciana setze doch keine Zahlung des Preises voraus. Gewiss nicht, in der Regel; aber was hindert den Prätor, die Zahlung in Rücksicht zu ziehen, sobald sie von der einen Seite in Frage kommt? Er giebt seinen Schutz der „justa possessio" und regelmässig genügt für dieselbe die Uebergabe in Folge eines Geschäfts; das Verhältniss der Preiszahlung ist regelmässig eine res inter alios acta. Aber die Zahlung kann von Werth werden, wo beide Theile tradirt erhalten hätten; hier würde vorgehen, welcher zuerst kaufrechtliche Tradition erlangte, welche demnach der körperlichen vielleicht zeitlich folgt, wenn nämlich ohne Kredit die Sache blos dem Käufer übergeben wäre. Hätten also beide Theile, gleichzeitig oder zu verschiedenen Zeiten, übergeben erhalten ohne Kredit, so würde mit der Publiciana derjenige vorgehen, welcher zuerst durch Zahlung diese Tradition in eine kaufrechtliche verwandelte.

Scheint es doch beinahe, als schimmerte diese ausnahmsweise Berücksichtigung der Zahlung bei der Publiciana durch die seltsamen Worte hindurch, mit welchen Gaius in l. 8. h. t. vom Preis und seiner Zahlung spricht:

„De pretio vero soluto nihil exprimitur; unde potest conjectura capi, quasi nec sententia Praetoris ea sit, ut requiratur, an solutum sit pretium."

§. 5.

4) Wird der verkaufende non dominus später, nach der Uebergabe, aber vor der Preiszahlung Eigenthümer des Kaufobjects, so kann ihn sein früherer Kauf nicht abhalten, einem Andern zu verkaufen und Eigenthum zu übertragen, so lange ihm der Kaufpreis noch nicht gezahlt wurde. Anders ausgedrückt: Die exceptio rei venditae et traditae setzt zu ihrer Wirksamkeit nicht blos Verkauf und Uebergabe, sondern auch Preiszahlung voraus. L. 2. de except. rei vend. 21, 3. sagt:

> „Si a Titio fundum emeris qui Sempronii erat, isque tibi traditus fuerit, pretio autem soluto Titius Sempronii heres extiterit et eundem fundum Maevio vendiderit et tradiderit, Julianus ait, aequius esse, priorem te tueri, quia et si ipse Titius fundum a te peteret, exceptione summovetur, et si ipse Titius eum possideret, Publiciana peteres." (cf. l. 72. de rei vind. 6, 1. l. 15. Cod. de rei vind. 3, 32.)

Würde in diesem Falle der erste Käufer nicht gezahlt haben, während Maevius gezahlt hätte, so müsste Maevius ihm vorgehen. Hätte hingegen auch Maevius noch nicht gezahlt, so würde die an ihn erfolgte traditio keinen grösseren Werth haben als die an den ersten Käufer, mit andern Worten der erste Käufer könnte noch jetzt zahlen und sich dadurch die exceptio rei venditae et traditae resp. die Publiciana schaffen. Auch hier liegt der Werth demnach in der Zahlung, welche die traditio erst zur kaufrechtlichen macht.

5). Wenn in der Zahlung der eigentliche Schlussstein liegt, so muss das offenbar von entscheidender Wichtigkeit in denjenigen Fällen sein, in welchen der Käufer nur bedingt zur Erwerbung fähig war, z. B. bei der nothwendigen Vertretung durch Sclaven. Wer einen Sclaven bedingt besässe, würde aus dessen Kaufgeschäft nicht erwerben trotz der geschehenen Tradition, wenn vor hinzugetretener Zahlung die Bedingung eingetreten und der Sclave dadurch den Herrn gewechselt hätte. — Oder: der Niessbraucher, dessen Niessbrauch etwa durch capitis diminutio zu Ende geht nach der Tradition aber vor der Zahlung, der würde durch Geschäfte des Sclaven, an welchem er den Niessbrauch hatte, nicht erworben haben. Auch hier entscheidet nicht die Tradition, sondern die kaufrechtliche Tradition. So sagt l. 24. pr. de act. emti. 19. 1.:

> „Si servus, in quo ususfructus tuus erat, fundum emerit, et antequam pecunia numeraretur, capite minutus fueris, quamvis pretium solveris, actionem ex emto non habebis propter talem capitis deminutionem, sed indebiti actionem adversus venditorem habebis; ante capitis autem minutionem nihil interest tu solvas, an servus ex eo peculio quod ad te pertinet, nam utroque casu actionem ex emto habebis.“

Die Zahlung entscheidet hier also darüber, ob überhaupt Beziehungen zwischen dem früheren Niessnutzer und dem Verkäufer entstehen; hat der Sclave vorher gezahlt, so ist der Niessnutzer Käufer geworden.

Bei dieser Zahlung des Sclaven setzt der Jurist voraus, dass sie aus dem Peculium des Niessbrauchers beschafft wurde. Hätte der Sclave etwa ein Peculium vom Eigenthümer und stünde mit diesem Peculium im Niessbrauch, so würde eine aus diesem Peculium beschaffte Zahlung auch nicht dem Niessbraucher zu Gute kommen können.

Das führt uns zu einer andern Seite, welche wiederum den Werth der Zahlung an den Tag legt. In solchen Verhältnissen, wo zwei Erwerber concurriren, entscheidet offenbar zwischen diesen beiden die Zahlung. Demjenigen erwirbt der Sclave das Eigenthum, aus dessen Peculium er das Geld zur Zahlung entnimmt. Das sagt auch l. 43. §. 2. de acquir. rer. dom. 41. 1.:

> „Quum servus, in quo alterius ususfructus est, hominem emit et ei traditus sit, antequam pretium solvat in pendenti est, cui proprietatem acquisierit; et quum ex peculio, quod ad fructuarium pertinet, solverit, intelligitur fructuarii homo fuisse; quum vero ex eo peculio, quod proprietarium sequitur, solverit, proprietarii ex postfacto fuisse videtur."

Kaum werde ich nöthig haben, darauf hinzuweisen, wie aus diesen Verhältnissen eine Stütze erwächst für die vorhin von mir aufgestellte Regel zur Schlichtung der Collision zweier Käufer. Man braucht sich nur zu vergegenwärtigen, dass nach der Uebergabe aber vor der Zahlung immerhin noch Thatsachen eingetreten sein können, welche die Ansprüche des Käufers trotz aller erlangter Tradition völlig verwischen und man wird sofort erkennen, wie irrig es ist, die Tradition entscheiden zu lassen und nicht die kaufrechtliche Tradition.

Analoge Verhältnisse könnten übrigens auch bei freier Stellvertretung zum Vorschein kommen, beispielsweise wenn Jemand von zwei Seiten zur Erstehung einer Sache beauftragt wäre, wie das ja in Bücherauctionen täglich vorkommt. Auch hier würde erst die Zahlung entscheiden, wer von den beiden Mandanten der Erwerber ist und bis zu ihr hätte der Mandatar die Verfügung über die Sache, abgesehen natürlich von seiner Pflicht auf die actio mandati vielleicht Interesse leisten zu müssen. Es liegt daher auch keine Rechtsverletzung von Seiten des Beauftragten darin, wenn er wie das häufig geschieht das erstandene Buch wieder an einen Dritten veräussert; zur Eigenthumsübertragung an diesen ist er völlig im Stande und ob eine Verletzung des Mandats vorläge, würde bei zwei gleichlimitirten Aufträgen sich gar nicht constatiren lassen. Selbst eine Mandatsüberschreitung würde aber augenscheinlich für die Frage der Eigenthumsübertragung auf jenen Dritten augenscheinlich gleichgültig sein.

§. 6.

Die herrschende Lehre vermag, so viel ich sehe, diese Fälle nicht zu beantworten. Sie hält sich an den blossen Ausdruck „tradere" und will überall gleichmässig die blosse Uebergabe entscheiden lassen. Dadurch verkennt sie die Natur der Zugumzugerfüllung und tritt mit den Quellen in klaren Widerspruch.

Nach meiner Ueberzeugung bleibt der Verkäufer trotz der Uebergabe Besitzer bis zur Zahlung des Preises, und somit stehen ihm die gewöhnlichen Mittel zur Geltendmachung seines Rechts zu.

In erster Linie zählt dahin die Wegnahme der Sache resp. das Festhalten derselben z. B. bei den Trauben, welche er auf dem Stock verkauft und tradirt hat, mit denen er nach der Lese nicht den Abzug verstatten wird, wenn ihm nicht gezahlt wird, cf. l. 25. de act. emti. 19. 1. — Diese Wegnahme würde selbst dann nicht Unrecht werden, wenn sie clam oder gewaltsam geschähe. Ein furtum läge so wenig darin, als wenn der Commodans die commodirte Sache heimlich wieder an sich nimmt oder der Pfandgläubiger sein Faustpfand ergreift;

l. 55. 59. de furtis. 47. 2. Für gerichtlichen Zwangsver-
kauf ist uns solche gewaltsame Wegnahme ausdrücklich bezeugt in l. 15. §. 7. de re judicata. 42. 1.
gegen das interdictum de vi würde (bis zu Justinians Aen-
drung) ihn die Berufung auf das vitium possessionis des kla-
genden Käufers schützen, sofern er nur keine vis armata an-
gewandt hätte; — gegen das interdictum uti possidetis endlich
würde er dem „nec vi“ sein „nec precario“ entgegen halten.

Lägen dieser Wegnahme Hindernisse im Wege, so
könnte der Verkäufer sich den Zugang zur Sache schaffen
durch die actio ad exhibendum, jene Klage, welche bis
auf den heutigen Tag nicht genügend gewürdigt wird in
ihrer, die starren Formen und Erfordernisse des römischen
Verfahrens mildernden Bedeutung. Die Anstellung dieser
Klage hätte für den Verkäufer nicht blos den Nutzen, ihm
die Sache zu schaffen mit der Pression des juramentum
in litem, sondern auch ihn darüber zu unterrichten, ob
überall der Käufer die Sache noch besitze. *) Diesem
Ergebniss entsprechend würde er gegen den Käufer das
interdictum uti possidetis resp. utrubi anstellen, oder bei
einer Veräusserung oder Verwendung ihn mit der actio furti
belangen. Zugleich stünde ihm bei beweglicher Sache
bis zum Ablauf eines halben Jahres gegen den tertius
possessor das interdictum utrubi zu Gebote, so lange dasselbe noch seine selbständige Bedeutung hatte, durch welche
es so gewaltigen Schutz der Mobilien verlieh, bis Justinian
das unbegreiflicher Weise beseitigte.

§. 7.

Im bisherigen haben wir die Rechtswirkungen be-
trachtet, welche aus der Natur der Erfüllung Zug um Zug

---

*) sed et si quis interdicturus rem exhiberi desideret, audietur.
l. 3. §. 5. h. t. 10. 4.

entsprangen und dem Verkäufer es möglich machten, seine gutwillig gemachte Vorleistung rückgängig zu machen, wenn die erwartete Gegenleistung nicht erfolgte. Es ist selbstverständlich, dass es den Parteien freisteht, jene Rechtswirkungen auszuschliessen. Das thun sie, indem sie vertragsmässig eine verschiedene Erfüllungszeit festsetzen. Wir beschränken uns auch hier einstweilen auf den Fall, dass die Leistung des Verkäufers die zeitlich vorangehende sein soll.

Durch solche Vereinbarung sind die beiden, rechtlich als Ein Doppelakt gedachten Erfüllungshandlungen in zwei selbständige zerlegt. Sobald der Verkäufer den Kaufpreis ereditirt oder sich für dessen Zahlung Sicherheit bestellen lässt, ist die von ihm vorgenommene Tradition ohne Weiteres wirksam. Dieser Satz, ursprünglich für aufgestellte Bürgen allein geltend, (l. 53. de contr. emt. 18 1.,) wurde später auf jede Art der hinausgeschobenen Leistung ausgedehnt, denn „fides habuit venditor." Man könnte dem Grundgedanken fast mehr entsprechen, wenn man „fides non habuit" sagte; gerade der Umstand bringt hier die Rechtswirkung der Uebergabe hervor, dass der Verkäufer nicht auf die fides des Käufers sich verlässt, wie er es bei einfacher Hingabe zur Herbeiführung der Erfüllung Zug um Zug thut, sondern dass er über die abzuführende Gegenleistung sich besondere Garantien schafft. Dadurch verzichtet er seinerseits auf die ihm aus der Zugumzugerfüllung zustehenden Rechte und seine Vorleistung ist nicht mehr ein Akt des gefälligen Entgegenkommens, sondern die Erfüllung einer Verbindlichkeit.

Damit aber diese Sätze Platz greifen und die Vorleistung des Verkäufers Sache der Verpflichtung werde, ist erforderlich, dass, abgesehen von der Sicherstellung

dureh Bürgen oder Pfand, wirklich Kredit gegeben sei.
Heut zu Tago sind wir gewöhnt, Baarzahlung und Kreditgeben einander gegenüber zu stellen und auch in denjenigen Fällen von „Kredit" zu sprechen, wo ohne sofor-
tige Gegenleistung der Verkäufer sich dazu versteht zu
übergeben und der Discretion des Käufers die gelegent-
liche Zahlung zu überlassen. Durch diese Auffassung des
täglichen Lebens dürfen wir uns rechtlich nicht täuschen
lassen. Allerdings steht fest, dass man „keinen Kredit
hat", „keinen Kredit findet", wenn der Verkäufer nicht
anders als gegen baar übergeben will; allein wenn er
ohne Zahlung des Preises übergiebt, wenn man „Kredit
hat", so ist doch von Kreditiren im rechtlichen Sinn nicht
die Rede. Eine **Verpflichtung** des Verkäufers ist
durchaus nicht vorhanden, vielmehr ist er in Einforderung
der Gegenleistung trotzdem unbeschränkt, die Leistungen
fallen nur faktisch, nicht rechtlich auseinander.

Das römische Recht fordert daher eine bestimmte
Isolirung der Gegenleistung, die Vereinbarung einer den
Gläubiger bindenden Zeit, um von Kredit zu sprechen.
Ist das nicht geschehen, so hat die Vorleistung des Verkäufers keinen rechtlichen Charakter und der Erfolg besteht nur darin, dass er dem Käufer diejenige Zeit gewähren muss, welche derselbe zur Beschaffung seiner
Gegenleistung nöthig hat. So verstehe ich l. 20. de precario. 43. 26.:

> „Ea quae distracta sunt, ut precario penes emtorem
> essent, quoad pretium universum persolveretur, si
> per emtorem stetit, quominus persolveretur, vendito-
> rem posse consequi."

Es bedarf endlich keiner Hervorhebung, dass im Fall
des wahren Kredits die Rechte des Verkäufers nach ver-

strichener Zahlungszeit nicht wieder aufleben, wenn er
nicht etwa durch eine lex commissoria sich in die Lage
gesetzt hat, den Käufer entsprechendenfalls als Nichtkäu-
fer zu behandeln.

§. 8.

Ein Punkt fordert noch nähere Betrachtung. Es
fragt sich, stehen denn Kredit und precaria possessio
schlechtweg in Widerspruch, so dass sie rechtlich nicht
neben einander vorkommen können? Wir sahen eben,
wer Kredit giebt, überträgt damit eo ipso keine precaria
possessio, sondern er ist zur Vorleistung verpflichtet;
allein wie steht es, wenn er gegen diese Schlussfolgerung
ausdrücklich sich verwahrt? steht es ihm frei, auch bei
Kredit eine possessio precaria zu übertragen?

Man könnte sich auf die Analogie des precarium be-
rufen; so wenig, könnte man sagen, wie dort zulässig ist,
sich die Rückgabe versprechen zu lassen, so wenig ist
hier precaria possessio möglich, wo Leistung des Kaufpreises versprochen ist. Indess einmal ist hier doch nicht
die Rückgabe versprochen und zweitens würde diese Analogie augenscheinlich zu weit treiben, sie würde die Möglichkeit der precaria possessio beim Kaufcontract ganz
ausschliessen, weil das Versprechen der Gegenleistung des
Kaufpreises ja stets vorhanden wäre. — In Wirklichkeit
ist nicht einzusehen, weshalb der Verkäufer nicht gegen
jene Argumentation aus der Kreditirung sich sollte ver-
wahren können. Nur würde hier erforderlich sein, dass
er ausdrücklich die possessio als precaria bei der Uebergabe bezeichnete, denn andernfalls würde die Regel Platz
greifen müssen, dass er auf die Gegenleistung ohne weitere Sicherung warten wolle und durch die Tradition alle

seine Rechte auf den Käufer übertrage. Das sagt l. 3. Cod. de pactis inter emtorem. 4. 54.:

> „Qui ea lege praedium vendidit, ut, nisi reliquum pretium intra certum tempus restitutum esset, ad se reverteretur, *si non precariam possessionem tradidit*, rei vindicationem non habet, sed actionem ex vendito.“

Der Verkäufer hat für den Fall nicht rechtzeitiger Zahlung keine lex commissoria vereinbart, sondern den Rückfall in anderer Fassung ausbedungen. Auf diesen Rückfall steht ihm alsdann nur die actio venditi zu, er müsste denn seine Besitzübertragung precario vorgenommen haben, dann hätte er natürlich die rei vindicatio. Er hätte aber ausserdem hier, wo ein vollständiges precarium vorliegt, das interdictum de precario und wäre damit also auch gegen den Nachtheil gesichert, welcher sonst durch den Ablauf der für die interdicta retinendae possessionis festgesetzten Zeit ihm drohte.

Freilich spricht die l. 3. cit. nur vom Eigenthümer, indess man wird mir keinen Grund entgegen halten können, welcher der Constituirung solches ausdrücklichen precarium von Seiten des non dominus venditor im Wege stünde.

§. 9.

Damit gelangen wir schliesslich zu dem Satze:

Unter allen Umständen kann der Verkäufer den Besitz precario übertragen und sich dadurch die Möglichkeit des Besitzschutzes sichern bis zum Augenblick seiner Befriedigung resp. der Verjährung. Bald genügt für diese precario Uebertragung sein Stillschweigen, sofern seine Vorleistung sich als blosser Gefälligkeitsakt herausstellt; bald ist es erforderlich, dass er den, gegen ihn sonst sprechenden Umständen durch ausdrückliche Constituirung eines precarium entgegen tritt.

Aber, wendet man ein, soll denn der Käufer sich solche precaria possessio als genügend gefallen lassen oder ist nicht unter allen Umständen dessen Zustimmung erforderlich? Ist ein pactum nothwendig, oder steht dem Verkäufer zu, einseitig sich diese günstige Position zu schaffen?

Welche Anforderungen sollte der so precario besitzende Käufer gegen den Verkäufer erheben können? Die Sache hat er; die Früchte kann er ziehen; alles commodum rei fällt ihm faktisch zu; nur von ihm hängt es ab, durch Zahlung des Preises sich zum pro emtore possidens zu machen und den Lauf der Usucapion resp. den Uebergang der Rechte des Verkäufers herbei zu führen. Man versuche es, ihn die actio emti anstellen zu lassen, dieselbe hat keinen Inhalt mehr; der Käufer muss mit dieser precaria possessio zufrieden sein. Der Verkäufer hat ihm erfüllt; die Beendigung des Schwebezustandes, die Hervorbringung der rechtlichen Wirkungen der Tradition liegt völlig in der Hand des Käufers. — Daher hört für den Verkäufer auch die Verpflichtung der custodia auf, da der Käufer selbst im Stande ist, seine Sache zu schützen, beispielsweise durch cautio damni infecti.*) Daher sagt denn auch Ulpian, um den Inhalt der actio venditi darzulegen: von der Tradition an habe der Käufer den Kaufpreis zu verzinsen:

> „Possessionem autem traditam accipere debemus,
> etsi precaria sit possessio; hoc enim solum spec-

---

*) l. 38. pr. de damno inf. 39. 2, wo in dem Schlusssatz „veluti si precario emtori in his aedibus esse permisit custodiamque ei abfuturus tradidit" jedenfalls zwei Beispiele enthalten sind; ich würde gern custodiamve lesen.

tare debemus, an habeat facultatem fructus perci-
piendi“ (l. 13. §. 21 de a. e. 19. 1.).

§. 10.

Also jeder Verkäufer ist in der Lage, den Uebergang
der Rechte auf den Käufer bis zur Zahlung des Kaufpreises trotz der Uebergabe zu hindern.

Mit diesem Resultat wenden wir uns nunmehr zu dem
Ausgangspunkt zurück, zu der Frage nach dem Eigenthümer, welcher verkauft.

Das römische Recht stellt bekanntlich das Eigenthum
ausser Zusammenhang mit dem Kaufcontract, was sich
als nothwendige Consequenz aus den engbegrenzten Eigen-
thumserwerbsarten ergiebt. Der Verkäufer war daher nur
zum praestare habere licere verpflichtet, er machte den
Käufer zum possessor mit dem Titel pro emto und hatte
ihm dafür aufzukommen, dass er im Streit über den Besitz Niemandem unterlag, andernfalls war er evictions-
pflichtig. Zu einer Eigenthumsübertragung nach römischem
Civilrecht war der Kauf demnach nicht geeignet; so wenig,
dass weder der Verkäufer gezwungen werden konnte, in
Folge des Kaufs den Käufer Eigenthümer werden zu
lassen,

> l. 25. §. 1 de contrah. emt. 18. l.: „Qui vendidit
> necesse non habet fundum emtoris facere.“

noch auch nur die Möglichkeit vorhanden war, sich im
Kaufcontract ein dare auszubedingen.

Hätte der Eigenthümer also tradirt und bezahlt erhalten, so wäre nach diesem civilrechtlichen Standpunkt
ihm trotzalledem sein Eigenthum geblieben; er hätte vindiziren können, nur würde dieser Geltendmachung seines
Eigenthums die exceptio rei venditae et traditae entgegen

gestellt sein und dadurch der Käufer sich im Besitz geschützt haben, wenn er es nicht vorzog, sich die Sache abnehmen und vom Verkäufer sich evictionem prästiren zu lassen.

f. 17. de evict. 21, 2. 1. §. 5. de exceptione r. v. e. tr. 21, 3.

War der Käufer sonach im Stande, den einzig Berechtigten, den Eigenthümer sich fern zu halten, so stand er faktisch augenscheinlich dem Eigenthümer gleich. Regelmässig wird zudem der tradirende Eigenthümer, wenn ihm nur Befriedigung zu Theil wurde, keinerlei Ansprüche mehr an die Sache haben geltend machen wollen, ja mannigfach mag bei der Tradition das zum Ausspruch gekommen sein, was die Natur des Kaufcontracts auszusprechen nicht gestattete: dass nämlich der Verkäufer sein Eigenthum auf den Käufer übertrage. Wir wissen, dass der Eigenthumsübergang nach römischer Auffassung gewissermassen eine selbständige Existenz hatte, unabhängig von dem ihn hervorrufenden Rechtsgeschäfte, — wir wissen ausserdem aus zahlreichen Stellen, dass bei dieser Uebertragung in Folge des Kaufs sogar genügte, wenn nur, etwa mit Zustimmung des dominus, der Tradent fähig war, Eigenthum zu übertragen, dass für den Empfänger der Wille: die Rechte anzunehmen, welche der Tradent ihm geben konnte, die „affectio emtoris" wie l. 2. §. 2. pro emtore 41. 4. sagt, — genügte, um ihm Eigenthum zu schaffen, selbst wo er etwa den Tradenten für unfähig zur Eigenthumsübertragung hielt.

cf. l. 44. §. 1. de usurpation. 41. 3. l. 9. §. 4. de juris et f. ignor. 22. 6.

Kurz, die faktischen Verhältnisse brachten es augenscheinlich mit sich, dass, was man vorne beim Contractsabschluss ausdrücklich ausschloss, hintennach im Wege der Tradition ins Leben trat, und mit solcher Wucht, dass man bald dahin gedrängt wurde, es für unzulässig zu erklären, dass der Nichtübergang des Eigenthums im Kauf ausdrücklich ausgesprochen wurde, —

l. 80. §. 3. de contrah. emt. 18. 1.

und dass man es als die Regel ansah, dass der verkaufende Eigenthümer durch die Tradition sein Eigenthum auf den Käufer übertrug,

l. 11. §. 2. de act. e. v. 19. 1.

sobald nur die Tradition als wirkliche kaufrechtliche Tradition dastand, was, wie gezeigt, Kredit oder Zahlung voraussetzte.

Mit vollem Rechte also heisst es, dass jener Nichtübergang des Eigenthums bei ausbleibender Zahlung „juris gentium" und „juris naturalis" sei; es war eben nichts als die Anwendung der aus dem Begriff des Kaufs und seiner Zugumzugerfüllung entspringenden Consequenzen. Wollte man Regel und Ausnahme einander gegenüberstellen, so war nicht das die Ausnahme, dass das Eigenthum nicht überging, das würde vielmehr ohne Weiteres in Consequenz der Rechtsinstitute nicht geschehen sein; die Ausnahme war vielmehr, dass Eigenthum in jenen Fällen der Zahlung und des Kredits überging, obschon begrifflich Kauf und Eigenthum nichts gemein hatten.

Dabei dürfen wir auch keineswegs aus den Augen lassen, dass es sich nur um eine Regel handelte, welche im Anschluss an die augenscheinlich den Verkehr beherrschenden Erscheinungen als Interpret des muthmasslichen Parteiwillens auftrat. Ein Rechtssatz in dem Sinn: dass die Tradition des Eigenthümers don Käufer schlechthin zum Eigenthümer mache, existirt im römischen Recht nicht, vielmehr ist nur dann, wenn nichts Anderes bestimmt ist, diese Wirkung der Tradition angenommen. Die vorhin citirten Stellen sagen ausdrücklich, gezwungen kann Niemand werden, sein Eigenthum zu übertragen. Der Käufer hat demnach römischrechtlich kein Recht darauf, dass ihm der Verkäufer sein Eigenthum übertrage; will derselbe aus irgend welcher Laune das faktisch unbrauchbare Eigenthum in der Hand behalten, so hindert das Recht ihn nicht; kaufrechtlich ist er nur pflichtig, den Käufer zum titulirten Besitzer zu machen.

Man kann daher sagen, dass es vom Standpunkt des Kaufs ein zufälliges accessorium ist, ob der Verkäufer Eigenthümer ist oder nicht; ein accessorium, welches bei der schliesslichen Wirkung der Tradition eine Einwirkung ausübt. Jeder Käufer wird titulirter Besitzer, sobald ihm wirksam tradirt ist, was, wie gezeigt, Zahlung oder Kredit involvirt; war sein auctor Eigenthümer und hatte nichts dawider, ihm Eigenthum zu übertragen, dann wird der Käufer durch jene kaufrechtliche Tradition Eigenthümer.

cf. l. 12. Cod. de probat. 4. 19.

Man muss demnach anerkennen, dass die traditio im gewöhnlichen Sinn nicht die Bedeutung hat, welche man ihr beizulegen sich gewöhnt hat. Allerdings knüpft sich an dieselbe ein Schutz gegen dritte minder Berechtigte, der ja besonders in der actio Publiciana seinen Ausdruck findet; aber im Wesentlichen ist sie auch hier nur der neutrale, farblose Akt, dessen Inhalt und Werth aus ausser ihm liegenden Momenten festzustellen ist. Das gilt in völlig gleicher Weise für den dominus wie für den non dominus; die Tradition ist bei beiden ein durchaus gleicher Akt, die Wirkung dieses Aktes tritt unter durchaus gleichen Voraussetzungen und zu gleicher Zeit ein und sie besteht dann in der Uebertragung der Rechte des Verkäufers auf den Käufer, welche Rechte freilich verschiedener Art sind.

Bis zum Eintritt dieser Wirkung der Tradition, bis dahin, dass die Tradition eine kaufrechtliche ist, steht daher der Eigenthümer völlig dem Nichteigenthümer gleich, sie sind beide blos als Verkäufer rechtlich in Betracht zu ziehen. Daher überträgt auch der dominus entsprechendenfalls nur eine possessio precaria; auch ihm stehen die Schutzmittel zu, welche wir vorhin für den non dominus kennen lernten; auch er ist in anderweiter Disposition unbeschränkt.

Dass ausserdem der dominus die rei vindicatio hat, ist ja ausser Zweifel (cf. l. 5. §. 18. de trib. actione. 14. 5.). Allein neuerdings erst ist von Ihering mit eminentem Takt hervorgehoben, wie wenig dieses Rechtsmittel für den täglichen Gebrauch zugeschnitten ist. Nicht umsonst sagt l. 24. de rei vind. 6. 1.:

> „Is qui destinavit rem petere, animadvertere debet, an aliquo interdicto possit nancisci possessionem, quia longe commodius est, ipsum possidere et adversarium ad onera petitoris compellere, quam alio possidente petere.“

Hier ist denn der Ort, dem Einwand entgegen zu treten, welcher aus zahlreichen Quellenstellen uns vorhalten wird den Satz, dass der Verkäufer nach seiner Erfüllung kein Recht auf eine Rückgabe (cf. l. 12. Cod. de rei vind. 3. 32. l. 8. Cod. de contr. emt. 4. 38.), sondern nur auf die Gegenleistung habe. Es ist eine längst ausgesprochene Wahrheit, dass man mit diesen pro re nata erfolgten Entscheidungen, namentlich der Käufer, hinsichtlich Alles dessen, was über den einzelnen Fall hinausgeht, sehr behutsam umzugehen hat. In ihrer allgemeinen Fassung sind jene Sätze unstreitig keinesfalls haltbar, sie würden ja auch die rei vindicatio ausschliessen; sucht daher schon die Glosse sie überall durch ihr „et die, quod hic fuit habita fides de pretio a venditore" mit den andern Rechtssätzen in Einklang zu bringen, so können auch wir in ihnen keinen Grund erblicken; den Consequenzen der Rechtsinstitute Abbruch zu thun.

§. 11.

Werfen wir von hier aus einen Blick auf das „pactum reservati dominii", so wird sich sofort herausstellen, dass dasselbe uns unter den Händen zerrinnt. Auffallender Weise werden zur Stützung dieses Instituts nur Stellen angezogen, welche vom verkaufenden Eigenthümer überall nicht reden, sondern vom Verkäufer schlechthin, welcher sich in oder nach dem Kaufgeschäft ausbedingt, dass Käufer so lange als Miether die Sache in Händen habe, bis der Kaufpreis völlig gezahlt sei. Hier liegen denn aber augenscheinlich zwei ganz verschiedene Geschäfte vor, welche in einer blos äusserlichen Verkettung stehen und uns den vorhin schon betonten Satz bezeugen, dass nicht jede Tradition nach einem Kauf auch als Tradition in Folge eines Kaufs anzusehen sei. Im Grunde liefern jene Quellenzeugnisse nichts als die unbezweifelte Wahrheit, dass Jemand, der gepachtet oder gemiethet, nicht Eigenthum erworben habe; für die uns interessirende Frage der Tradition als blosser Uebergabe und ihrer Unterscheidung von der kaufrechtlichen Tradition gewähren sie keinerlei Anhalt.

In der That hat das römische Recht für jenes pactum keinen Raum, auch dann nicht, wenn wir ihm das missbräuchlich angelegte Gewand des Vertrags ausziehen und von einer blossen „reservatio dominii" sprechen. Auch ist solcher Vorbehalt, der ja denn doch nur die rei vindicatio erhalten würde, in seinem praktischen Ergebniss weitaus zurückstehend hinter der precaria possessio, durch welche, nach l. 3. Cod. de pactis inter emtorem. 4. 54. der verkaufende Eigenthümer sich nicht nur die rei vindicatio, sondern auch den Besitzschutz schafft. *)

§. 12.

Wir haben bislang die Vorleistung des Käufers ausser Betrachtung gelassen. Es liegt zu Tage, dass bei ihr der Mangel an dauernder Individualität des Objects von eingreifender Bedeutung sein muss; eine Geldsumme, mit der man nicht willkürlich schalten kann, ist eher eine Last als ein commodum. Wo daher eine Vorleistung im eigentlichen Sinn ausbedungen ist, wovon mir jedoch kein Quellenzeugniss bekannt ist, da würde dieselbe auch in Eigenthumsübertragung am Gelde zu bestehen haben, nach den Grundsätzen, welche entwickelte Verkehrsverhältnisse und Bettel-Industrie bei Pränumeration ins Leben rufen werden. Der Anspruch dieses Pränumeranten wird sich daher innerhalb der Grenzen der actio emti halten, mit welcher er eventuell die Rückzahlung des pretium erlangen kann.

---

*) Im Sclavenhandel behielt sich der Eigenthümer bisweilen eigenmächtige Wegnahme für gewisse Eventualitäten vor („ut manus injicere liceat") und konnte dann dieselbe gegen jeden Besitzer geltend machen. Cf. l. 56. de contr. emt. 18. 1. l. 6. 9. de servis export. 18. 7. l. 1 2. Cod. si servus export. 4. 55.

Anders hingegen wenn contractlich ausgemacht ist, „ut res soluto pretio traderetur", wie es häufig in den Quellen vorkommt. Darin haben wir meines Erachtens unsre heutige Baarzahlung zu erblicken, so dass der Verkäufer tradiren will, sobald ihm das pretium vorgelegt wird. Hier greifen nun aber auch wieder unsre vorhin entwickelten Sätze Platz, so weit nicht die Natur des Geldes eine Abweichung herbeiführt. Daher würde die wirkliche Vorleistung zurückgezogen, das Geld wieder eingestrichen werden können, wenn sich der Verkäufer nicht in der Lage befindet, dem Käufer gleichfalls unverzüglich zu leisten. Darin liegt, dass rechtlich der Eigenthumsübergang auch hier die Voraussetzung der Gegenleistung hat; das hingezählte Geld kann der Verkäufer trotz aller Uebergabe nicht als sein Eigenthum ansehen, so lange die Erkennbarkeit des Sachindividuums noch vorhanden ist.

Es ist aber der Verkäufer auch im Stande, durch die Annahme der Zahlung ein furtum zu begehen, sobald er nicht die ihm obliegende Gegenleistung zu beschaffen vermag, beispielsweise weil er schon anderweit verfügt hat. Die Römer behandeln ihn hier als falsus creditor, als ob er simulire, Kreditor zu sein, was mir aus l. 43. pr. de furtis. 47, 2. im Verein mit l. 7. §. 2. pro emtore. 41. 4. und dann auch daraus hervorzugehen scheint, dass bei Verkauf an mehrere stets ausdrücklich die bona fides des Verkäufers verlangt wird.

§. 13.

Fassen wir das Ergebniss kurz zusammen, so hat also der aus Gefälligkeit oder nur faktisch vorleistende Theil nach römischem Recht die Befugniss seine Leistung zurück zu nehmen, wenn und so lange nicht die Gegenleistung erfolgt. Hat dagegen eine Partei sich contractlich zur Vorleistung verpflichtet, wie das für den Verkäufer durch Kreditgeben geschieht, so fällt diese Befugniss fort, es kann jedoch auch dann der Verkäufer sich durch Uebertragung einer precaria possessio in gleicher Weise sicher stellen. Nicht die Tradition mithin, sondern die kaufrechtliche Tradition ist das Entscheidende; sie schliesst die Rechtserwerbung vom Verkäufer ab; sie schlichtet die Kollision mehrerer Käufer.

Dass es sich bei alledem um ein Recht vom Kaufcontract zurückzutreten durchaus nicht handelt, wird kaum der Erwähnung bedürfen. Einzig die Wiederherstellung desjenigen Zustandes ist der Zweck, der gemäss den Grundsätzen der Leistung Zug um Zug jeden erst leisten lässt, sobald ihm geleistet wird.

§. 14

Je weniger man im Stande sein wird, gegen die Richtigkeit dieser Argumentation etwas einzuwenden, um so mehr wird man überrascht sein, dass die Doctrin sich an die blosse Tradition angeschlossen hat. So gut es ohne umfassenden historischen Apparat möglich ist, — von dem ich mir übrigens erheblichen Einfluss in dieser Frage nicht vorzustellen vermag, — will ich diejenigen Gründe kurz zu skizziren suchen, welche meines Erachtens die Sätze des römischen Rechts in unsrer Frage verschleiert haben. Sie scheinen mir weit mehr auf prozessualischem wie auf civilistischem Gebiet zu liegen.

Unstreitig überwiegen der Zahl nach weitaus diejenigen Fälle, in denen der Verkäufer Eigenthümer oder Beauftragter des Eigenthümers ist und regelmässig ist

also der Satz zur Anwendung gekommen, dass der Käufer
bei Nichtzahlung sich der rei vindicatio gegenüber sah.
Würde nun hier wirklich dem Verkäufer ein Eigenthums-
beweis aufgebürdet sein, so wäre man zweifellos sehr
bald dahin gelangt zu erkennen, dass damit praktisch
gar nicht durchzukommen sei und dass man dem nicht-
zahlenden Käufer die Chikane frei gäbe, als ob der Zu-
stand für ihn oder den Verkäufer durch diese Eigen-
thumsfrage geändert werde. Dass die Doctrin sich an-
standslos bei der rei vindicatio beruhigte, zeigt einmal
Mangel an wirklich plastischer Anschauung, es zeigt
andrerseits, dass die im Leben vorgekommenen Fälle dem
Mangel der Doctrin aus dem Wege gegangen sein müssen.
Das wird in der That dadurch geschehen sein, dass der
Käufer zu einem Leugnen des klägerischen Eigenthums
nicht verschritten ist, vielmehr entsprechenden Falls die
Sache ohne das herausgegeben hat.

So wurde es möglich jene Doctrin, welche sich gewissermassen aus der Natur des dinglichen und des
persönlichen Rechts ergab, ohne Druck aufrecht zu erhalten. In der That stand in Folge dieses Umstandes der
non dominus kaum schlechter als der dominus; in derselben Zeit, in den gleichen Formen, mit derselben Mühe
stellte er seine actio venditi an, wie der dominus seine
rei vindicatio. Drang er durch, wurde der Käufer zur
Zahlung verurtheilt, so kam es vielleicht im Wege der
Specialexecution zur Ausantwortung der verkauften Sache
an den Verkäufer, den der Titel schliesslich wenig
kümmerte, wenn er nur wenigstens seine Sache wieder
hatte. Wie oft mag es überdies vorgekommen sein, dass
in der Klage schon der Verkäufer gesagt hat: wenn man

ihm nicht zahlen könne, möge man doch wenigstens ihm die Sache restituiren.

Ein andrer Grund trat in dem reich entwickelten Handel hinzu. Hier bildeten sich feste Usancen des Kreditgebens mit kürzeren oder längeren, nicht erst für den einzelnen Fall paciscirten Fristen. Dieses Beispiel wirkte auf den ganzen Kleinverkehr ein; auch in ihm entstanden laufende Rechnung, ortsübliches Kreditiren auf unbestimmte Zeit, bis zu übersandter Rechnung, bis zum Jahresschluss, der nächsten Messe u. s. w. Was bei dem eigentlichen Handel mit Recht geschah, erfolgte hier ohne Grund: man wandte die römischrechtlichen Sätze über Kreditiren auf diese Art geschäftsüblicher Vorleistung des Verkäufers an und benahm ihm demgemäss sein Recht der Rücknahme, obgleich er nicht rechtlich sich verpflichtet hatte, eine bestimmte Zeit auf die Zahlung zu warten. Schon die Glosse hat diesen Irrthum, durch den eine ungemeine Anzahl, fast alle Fälle der Erörterung gegen alles Recht entzogen wurden.

Endlich sorgte die neuere Entwicklung nach einer anderen Richtung für die Sicherheit des vorleistenden Verkäufers. Das geschah einmal durch das Institut der Hypothekenbücher; es geschah das zweitens durch das Postulat schriftlicher Errichtung, welches hin und wieder für bedeutendere Geschäfte aufgestellt wurde. Auch hiedurch wurde das Gebiet der Frage mittelbar beschnitten.

Der Hauptgrund jedoch lag in dem Mangel an Verständniss im Besitzprozess. Was bei dem Prätor vielleicht in einem Moment erledigt war, dazu gebrauchte man jetzt den ganzen schleppfüssigen Prozess. Das Verständniss für das praktische obrigkeitliche Element der römischen Rechtspflege, welches durchgriff vorbehältlich späterer gründlicher definitiver Erledigung, dieses Verständniss war der Zeit völlig verschlossen. Alle verfügbaren Kräfte verwandte man, dem Civilrecht vorbei, auf die polizeiliche Staatsentwicklung und die Ausbildung des Untersuchungsprozesses, welches der kirchlichen Richtung weit conformer war als das nüchterne Recht der Römer.

Hätte man noch verstanden, was die Römer praktisch eigentlich mit ihrer Besitzlehre wollten, so würde man auch den Schutz nicht geschmälert haben, auf den der Verkäufer nach bona fides zweifellosen Anspruch hat. Freilich für die interdicta retinendae possessionis kam die Irrlehre hinzu, dass der Verkäufer durch seine Tradition den Besitz verloren, auf den Käufer übertragen habe. Aber überall sprechen doch die Quellen von *precaria* possessio, wie kam es dann, dass man die schön ausstaffirten Lehrsätze über precarium den Verhältnissen todt gegenüber stellte?

Grade hierin meine ich zeigt sich wieder, wie die prozessualische Versumpfung des romanischen Rechts die Ursache auch unsres Missverständnisses wurde. Was lag dem streitenden Theile an seinem interdictum de precario? Nicht um ein Haar früher oder leichter kam er zum Ziel, als mit seiner rei vindicatio oder vielleicht der actio venditi mit Execution in rem certam; welcher Grund lag vor, sich die Uebersicht der Geschäftsführung zu erschweren, indem man von der grossen Heerstrasse abwich? Prozess blieb Prozess, wer an die Gerichte zu gehen hatte, dem war es praktisch ziemlich gleichgültig, mit welcher Klage er es zu thun hatte.

So ging der Nachwelt das Verständniss des römischen Klagensystems und seiner unerschöpflichen Feinheit verloren; so erklärt es sich, dass noch heute die Doctrin sich an Namen hält, mit denen man im praktischen Leben nicht hervortritt und dass man z. B. vor der actio ad exhibendum scheu vorüber schleicht in der Doctrin, während keine Praxis, am wenigsten die eines·Römers, ihrer Hülfe entbehren kann.

Sah man nun den Käufer als berechtigten Besitzer an, so war es nicht mehr möglich, in seiner Verfügung über die Sache etwas widerrechtliches, in die Rechte des Verkäufers eingreifendes zu erblicken. Die neuen Sätze des spolium waren also nicht anzuwenden und die Bestimmungen des römischen Rechts über die actio furti stiessen auf einen völlig gewandelten Begriff der Entwendung, welcher jene zu unbrauchbaren historischen Reminiscenzen stempelte.

Diese letzte Entwicklung, welche wir ja dem centralisirenden Einfluss der Kirche und im weiteren Verlauf auch des Staats verdanken, erscheint mir hier aufs neue in einem höchst beklagenswerthen Licht. Unser ganzes Verkehrsleben würde auf einer offneren, ehrlicheren Stufe stehen, wenn wir nicht dahin gelangt wären, den Begriff der privata delicta von der unglückseligen Abstraction aufsaugen zu lassen, dass alle diese Fragen nur im Interesse des blutlosen Begriffs der „Rechtsordnung“ oder des „Staats“ zu erledigen seien. Wir sind wohl ganz ausser Stande uns zu veranschaulichen, welche durchgreifende Stütze wir der sittlichen Schwäche zu Theil werden liessen, wenn wir sie ringsum mit dem quadruplum und duplum der actio furti aller Betheiligten und demgemäss mit der Infamie umspannten. Hier ist ein reiches Feld legislativer Thätigkeit, einer Selbstverwaltung im edelsten Sinn des Worts. Unser Bewusstsein fängt an, stark genug zu werden, um uns die Regelung unsrer eignen Verhältnisse zuzutrauen; wir werden es auch d a z u verwenden müssen, um auf dem Gebiet des Rechts dem Staat abzunehmen, was bei verständigen Völkern nur zum Nachtheil ihm aufgebürdet wird.

§. 15.

Unter der Wucht dieser Einflüsse erstarb das Verständniss der Zugumzugerfüllung. Indem man den Käufer ohne Weiteres als berechtigt ansah, sobald ihm vom Verkäufer tradirt war, gelangte man dahin, die Priorität in der Tradition für entscheidend zu erklären für den Fall, dass zwei Käufer collidirten. Zwei weitere Irrthümer schlossen sich unmittelbar daran.

1) Die Folge war, dass man auch für die Klagen auf Erfüllung aus dem Kaufgeschäft diejenigen Voraussetzungen aufzugeben geneigt wurde, welche als wesentlicher Ausfluss eben der Zugumzugerfüllung dastanden. Man zerlegte den Kauf gewissermassen in zwei Theile, deren jeder selbstständige Rechte und Pflichten enthalte und auch isolirt von dem andern geltend gemacht werden dürfe. Die Structur unsres Prozesses kam dem nicht wenig zu Statten. Man stritt nicht mehr über den Anspruch als über die Wirkung künftig darzulegender Thatsachen, sondern die Parteien waren gehalten, in ihrer Geschichtserzählung diejenigen Thatsachen anzugeben, aus denen sie Ansprüche herleiteten. So kam es, dass das Verfahren contradictorisch in dem Sinn wurde, dass man das in Rede stehende Rechtsgeschäft gewissermassen contradictorisch reconstruirte und somit jeder Partei es überliess, die für sie sprechenden Thatsachen anzuführen. Zudem, sagte man, handelt es sich einstweilen nur um eine Anerkennung des Anspruchs durch richterliche Ent-

scheidung, und nur wenn es zur wirklichen Leistung also zur Execution komme, nur dann sei das weitere Vorgehen bedingt durch Vorleistung oder Angebot.

Man liess daher die actio emti und venditi als genügend substantiirt zu ohne jede Bezugnahme auf die eigene Leistung und rieth vielleicht, die irrige Ansicht des Richters durch jene Bezugnahme zu schonen, ohne in ihr anderes als eine antizipirte Replik erblicken zu wollen.

So viel ich sehe, enthält diese Auffassung abermals einen Verstoss gegen die Zugumzugerfüllung, einen Verstoss, der um so bedenklichere Folgen hat, wenn man die grosse Ausdehnung erwägt, welche die neuere Gesetzgebung dem Contumacialverfahren zu geben Willens ist. Sollen wir denn einen Abwesenden rechtskräftig verurtheilen lassen auf Grund einer Klage, welche den Kaufpreis fordert ohne auch nur der Gegenleistung zu gedenken?

Im römischen Recht ist diese Möglichkeit nicht begründet; die Frage ist bekanntlich bestritten, allein ich stelle mich ohne Bedenken auf die Seite derer, welche annehmen, das nicht bloss die Wirksamkeit, sondern auch die Zulässigkeit der Erfüllungsklagen durch die Behauptung der Vorleistung oder das Angebot bedingt war. Der Käufer hätte auf ein tradere oportere oder praestare oportere ohne Beziehung auf den Kauf überall nicht klagen können, für ihn gab es nur eine actio emti, er musste sich für seine Forderung auf den Kauf beziehen und verfiel damit den Consequenzen der Zugumzugleistung, von welchen er sich nur dadurch losmachen konnte, dass er zu dem Kaufcontract noch eine stipulatio auf Tradition hinzutreten liess, wie deren die Quellen ja häufig erwähnen. —

Für den Verkäufer lag die Sache allerdings anders; sein Anspruch auf „dare oportere“ bedurfte keiner Einkleidung in die actio venditi und wollte er nichts weiter als den Kaufpreis einklagen, so erreichte er mit einer condictio certi völlig seinen Zweck. Hier brauchte er eine Bezugnahme auf seine Leistung nicht auszusprechen, hier konnte er abwarten, ob der Käufer ihm die Exception opponiren werde „si ea pecunia, qua de agitur non pro ea re petitur, quae venit neque tradita est“,

l. 25. de act. emti 19. 1.

hier stellte der Verkäufer dann aber auch überhaupt keine actio venditi an. Bei der Kaufklage unterlag er wie der Käufer den Sätzen der Zugumzugerfüllung, er musste Tradition anbieten oder behaupten.

War doch dieses Bewusstsein der Zusammengehörigkeit der Leistungen bei den Römern so stark, dass ein römischer Jurist sogar auf den Gedanken kommen konnte, ob nicht im factum des Besitzens allein genügender Grund für den Käufer liege, auch wo er nur einen Theil des Preises gezahlt, doch den ganzen Preis vom Verkäufer zu fordern, wenn ihm die Sache evincirt worden sei. Ulpian sagt in l. 13. §. 9. de act. emti 19. 1.:

> „Unde quaeritur, si pars pretii soluta et res tradita postea evicta sit, utrum ejus rei consequetur pretium integrum ex emto agens, an vero, quod numeravit? Et puto magis id, quod numeravit, propter doli exceptionem.“

Für unsere heutigen Verhältnisse ist selbst jene Möglichkeit für den Verkäufer nicht mehr vorhanden, ohne Beziehung auf den Kauf zu klagen und sich dadurch der Continuität der Leistungen zu entwinden. Die Nothwendigkeit der Geschichtserzählung, des Streitens über Thatsachen schliesst die Erhebung einer Klage auf „dare oportere“ ohne Angabe der fundirenden Thatsachen selbstredend aus. Wir müssen meines Erachtens in allen Fällen die Angabe der Vorleistung oder der Bereitwilligkeit zur Leistung fordern.

2) Ein zweiter Irrthum, der aus der Verkennung der Zugumzugerfüllung entsprungen ist, liegt auf dem Gebiete des Concursrechts. Mir ist es von jeher unbillig erschienen, dass unsere Jurisprudenz und, ihren Sätzen folgend, die Gesetzgebung die gekaufte Sache durch Tradition in die Concursmasse des Käufers fallen lassen und den Verkäufer mit seiner Preisforderung in die fünfte Klasse verweisen, wo ihm in manchen Fällen nichts zu Theil wird als eine gewissenhafte Locirung im Prioritätsurtheil. Jetzt halte ich mich berechtigt, diesen Satz für unrichtig zu erklären; er beruht auf der irrigen Schätzung der Tradition, wo nur die kaufrechtliche Tradition entscheidend ist. Hätte der Verkäufer wirklichen Kredit gegeben, dann liegt keinerlei Härte darin, dass er die Folgen seines Zutrauens, seines credere, wie alle andern creditores trägt. Die Sachen aber, welche nur vergünstigungsweise aus faktischen Gründen vorgeleistet sind, diese Sachen ohne Weiteres in die Concursmasse fallen zu lassen, das enthält eine entschiedene Verletzung des Rechts. Erst dann dürfen sie zur Masse gerechnet werden, wenn sie ihr nach den Grundsätzen der Zugumzugerfüllung durch kaufrechtliche Tradition zugeführt sind; will also der curator bonorum sie behalten, so hat er nur die Möglichkeit, das gegen Erfüllung der Verpflichtungen des Käufers zu thun.

Das römische Recht, unbekannt wie es mit unserem Concurs ist, hat natürlich keinerlei Zeugniss hiefür. Allein was ist es rechtlich anders, als wenn bei Beendigung des

Niessbrauchs am Sclaven der dominus die vom Sclaven gekaufte, diesem tradirte Sache beanspruchen, die Zahlung des Kaufpreises aber dem Niessbraucher zuschieben wollte.

Nach allen Richtungen führt die Lehre der Tradition zu Inconvenienzen. Man muss den Weg völlig verlassen und zur kaufrechtlichen Tradition zurückkehren. Das ist um so mehr geboten, als heut zu Tage Verkehr und germanische Reminiscenzen zu dem Satze drängen, dass in gewissen Verhältnissen Eigenthum auch durch die Kauftradition des non dominus geschaffen, das bestehende Eigenthum also vernichtet wird. Hier ist es doppelt wichtig, der Singularität durch die kaufrechtliche Tradition enge Grenzen zu ziehen.

Die eigentliche Bedeutung unseres Instituts aber hinsichtlich der gerichtlichen Geltendmachung steht und fällt mit dem Besitzschutz. Erst dann wird es sich wirklich entfalten, wenn wir uns der praktischen Weise der Römer nähern, durch sofortiges Eingreifen den Besitz zu regeln, vorbehältlich der späteren Verhandlung der Rechtsfrage. Sobald wir eine kräftig auftretende Obrigkeit haben, wird meines Erachtens eine Unzahl von Prozessen im Keime unterdrückt, deren rechtliche Haltlosigkeit jedem Unbefangenen auf den ersten Blick zu Tage tritt und die nur in dem „beati possidentes“ ihre Erklärung finden. — Auf die Gefahr hin, für einen Feind des freien Bürgerthums gehalten zu werden, will ich bekennen, dass ich es für das Beste halte, der Polizei alle Besitzfragen im römischen Sinn zur mündlichen Verhandlung und sofortigen Erledigung zuzuweisen.

· §. 16.

Derweil so Wissenschaft und Gesetz in der Irre ging, blieb das Recht doch in unerschütterter Existenz. Das Leben hat auch hier der Doctrin gespottet und sich zu keiner Zeit von ihr unterjochen lassen. Jedes unbefangene Rechtsgefühl wird für die Richtigkeit meiner Argumentation in dem Grade sprechen, dass es zu gerichtlicher Erledigung überall nicht kommen wird, sobald der vorleistende Theil nach den Grundsätzen der kaufrechtlichen Tradition handelt. — Wem würde es einfallen, dem Käufer wehren zu wollen, dass er das aufgezahlte Geld wieder einstriche, wenn der Verkäufer nicht tradirt? Hier wird Niemand, auch kein Jurist zweifeln. Soll es anders stehen, wenn der Verkäufer aus faktischen Gründen vorgeleistet hat?

Machen wir die Probe an Fällen aus dem täglichen Leben.

1) In jedem Geschäftslokal werden dem Käufer ceteris paribus die gekauften Sachen eingehändigt, ehe er gezahlt hat. Will ihm damit der Verkäufer etwa Kredit, auch nur den ortsüblichen, laufenden, bis zu gelegentlicher Berichtigung des Conto zugestehen? Sicherlich nein. In demselben Augenblick, wo sich herausstellt, dass der Käufer nicht baar bezahlen will, wird der Verkäufer seine Sache zurücknehmen können; denn aus blosser Gefälligkeit hat er vorgeleistet, der Käufer erhielt nur eine precaria possessio.

2) Nehmen wir an, der Verkäufer schickt die Sache dem Käufer ins Haus und lässt sie dort abgeben, vielleicht in Abwesenheit des Käufers, vielleicht ohne dass der Käufer und der Stellvertreter des Verkäufers in un-

mittelbare Berührung kommen, wie das ja täglich vorkommt. Hat damit Verkäufer wirklichen Kredit gegeben? Gewiss nicht; wird ihm nicht gezahlt, sei es sofort oder nach einem tempus modicum, welches er vielleicht aus Höflichkeit, vielleicht aus Rücksicht auf die Empfindlichkeit seiner Kunden noch wartet, so hindert ihn nichts, die Sache abholen zu lassen.

3) Der Käufer ist nicht befugt ihm die Sache in solchem Falle vorzuenthalten, wenn er nicht zahlen oder wirklichen Kredit erlangen kann. Ja der Käufer darf nicht einmal den Zutritt in seine Wohnung verwehren, wenn der Verkäufer kommt die Sache zu holen, er müsste denn Willens sein, dem Verkäufer die Sache heraus zu reichen. Wir sind der festen Zuversicht, dass in nahezu allen Fällen der Rechtssinn stark genug ist, um den Käufer zur Duldung zu drängen, wenn er nicht im Stande ist, seiner Zahlungspflicht nachzukommen. Allein es kann das auch gar nicht einmal von seinem guten Willen abhängen, es muss in geordneten Verhältnissen erzwingbar sein.

Ein Römer hätte seine actio ad exhibendum, seine Interdicta gehabt, wir haben unsere Polizei. Die Polizei ist verpflichtet, dem Verkäufer hier zu helfen und ihm Zugang zu seiner Sache zu schaffen, vorausgesetzt natürlich, dass nicht der Thatbestand selber streitig wird. Unsere Polizei hat es nun freilich nicht verstanden, sich so beliebt zu machen, dass man sie mit derselben Unbefangenheit, demselben Zutrauen anrufen kann, wie ein Römer das imperium magistratus für sich in Anspruch nahm; allein Zweifel an ihrer Befugniss darf das doch nicht erzeugen. Spitzen wir den Fall etwas zu, so wird auch Jedermann uns zustimmen. Gesetzt ein Juwelier wäre unvorsichtig genug gewesen, einen Schmuck an Fremde ins Hotel ohne Baarzahlung zu verabfolgen; man weigerte ihm jetzt die Rückgabe und suchte ihn hinsichtlich der Zahlung zu vertrösten; welcher Polizeidirector würde nicht helfen?

§. 17.

Nun wird freilich der Kriminalist kommen und sagen, er habe nichts einzuwenden, wenn das Rechtsgefühl des Käufers stark genug sei, denselben zu gutwilliger Rückgabe zu bringen, allein wenn der Käufer nicht wolle, zwingen könne ihn der Verkäufer nicht, ohne sich der „widerrechtlichen Selbsthülfe" schuldig zu machen. Also der Kaufmann sollte hier auf ein gewaltsames Wegnehmen, nöthigenfalls mit Hülfe seines Personals, verzichten, wenn der Käufer ihm nicht gutwillig die Sache wieder herausgeben will? Wendet er selbst oder durch seine Diener Gewalt an, so stünde die Criminalpolizei an der Thür und wo die Gesetzgebung etwas freigebig damit umgeht, hätte er vielleicht Untersuchungshaft zu gewärtigen. Ja wendete er das einfache Mittel an, die Thür zu verschliessen um den Abzug mit der gekauften Sache zu verhüten, so beginge er wohl gar ein crimen plagii und hätte schliesslich mit namhaftem Gefängniss, Polizeiaufsicht, Verlust der bürgerlichen Ehrenrechte, kurz mit allen criminalistischen Möglichkeiten zu büssen. Oder: Wenn der Verkäufer sich weigerte, die Wohnung des Käufers ohne Geld oder die Sache zu verlassen, fiele ihm wohl „Hausfriedensbruch" zur Last? Und der Käufer? Er sollte ruhig abziehen dürfen und mit höflicher Verweisung auf rei vindicatio und actio venditi den Verkäufer vertrösten dürfen? Der Kriminalist wird bei der Hand sein, ihn wegen „Kreditbetrugs" in Untersuchung zu verwickeln, —

kurz er wird aus einer civilistischen Frage, die keine kriminalistische ist, zwei kriminalistische Fragen machen und keine civilrechtliche übrig lassen.

Mir ist, als ob das Strafrecht den Athem mir versetzte. Gut, dass man das Prädicat „widerrechtlich“ neben der Selbsthülfe findet und dass in den anderen Fällen die Lehren des allgemeinen Thatbestandes „Widerrechtlichkeit“ als nothwendig fordern. Solche Widerrechtlichkeit ist in der eigenmächtigen, auch den Widerstand bewältigenden Wegnahme durchaus nicht vorhanden; ich bin überzeugt, kein Kaufmann mit Geistesgegenwart wird seinen Käufer ziehen lassen, wenn er ihm eben nicht kreditiren will, — kein Richter wird ihn der widerrechtlichen Selbsthülfe oder einer andern Rechtsverletzung schuldig sprechen, wenn er die Sache gewaltsam seinem Käufer wiederum abnimmt; denn — die Widerrechtlichkeit ist ausschliesslich auf Seiten des Käufers.

Wem kann es in den Sinn kommen, diese Fragen danach beantworten zu wollen, ob der Verkäufer Eigenthümer der von ihm übergebenen Sache ist oder nicht? In der That ist das vollständig werthlos und das ist vom Leben und den in der Uebung lebenden Rechtssätzen mit richtigem Sinn anerkannt worden. Unsere Aufgabe ist es, Dem mit wissenschaftlichem Verständniss und gesetzlicher Formulirung zu folgen.

Leipzig,

Druck von A. Th. Engelhardt.